REFORM DER DEUTSCHEN RECHTSCHREIBUNG

Die Neuregelung auf einen Blick

von
Klaus Heller

Bertelsmann Lexikon Verlag

Die Kultusminister und Ministerpräsidenten der Bundesländer sind übereingekommen: Die deutsche Rechtschreibung wird reformiert. In den deutschen Schulen wird die neue Orthographie ab August 1998 gelehrt werden. Die alte Schreibung soll bis zum Jahre 2005 als überholt, aber nicht als falsch gelten.

Dr. Klaus Heller ist Mitarbeiter des Instituts für deutsche Sprache in Mannheim, Mitglied der Kommission für Rechtschreibfragen am IDS und Mitglied des Internationalen Arbeitskreises für Orthographie.

Erweiterter Nachdruck der SPRACHREPORT-Extraausgabe des Instituts für deutsche Sprache, Mannheim, vom Januar 1996

Printed in Germany
ISBN: 3-577-10692-1

Wie wichtig ist die Rechtschreibung?

Der Gebrauch der Sprache - sei es mündlich, sei es schriftlich - unterliegt bestimmten Normen wie andere menschliche Tätigkeiten auch. Diese Normen dienen der Sicherung einer reibungslosen Kommunikation; ihre Einhaltung liegt daher im Interesse eines jeden Sprechenden und Schreibenden wie auch Hörenden und Lesenden.

Im Laufe der Entwicklung haben sich für die geschriebene Sprache strengere Maßstäbe herausgebildet als für die gesprochene. Das hängt damit zusammen, daß Geschriebenes die Funktion hat, sprachliche Äußerungen über längere Zeiträume und über größere räumliche Distanzen hinweg bewahrbar zu machen. Unter diesem Gesichtspunkt wird der Norm der Schreibung - der Rechtschreibung - innerhalb der Sprachgemeinschaft ein besonderer Wert zugemessen. Das führt häufig dazu, daß Sicherheit in der Rechtschreibung übertriebenerweise zum Maßstab für die Persönlichkeit des Schreibenden schlechthin genommen und höher geschätzt wird als etwa logische Konsequenz oder stilistische Qualitäten.

Warum brauchen wir eine Reform der deutschen Rechtschreibung?

Die bis heute gültige amtliche Rechtschreibung datiert von 1901/1902. Sie wurde 1901 auf der 2. Orthographischen Konferenz in Berlin beschlossen, 1902 als Regelwerk veröffentlicht und in Deutschland in Form einer Rechtsverordnung amtlich. Die Schweiz und Österreich schlossen sich dieser Normierung an. Vorrangiges Ziel war damals, besonders im Interesse der Schule eine einheitliche Rechtschreibung für das ganze deutsche Sprachgebiet herzustellen. Nicht weiter verfolgt werden konnte das Anliegen, auch für Einfachheit der Rechtschreibung zu sorgen. Seit 1902 ist daher das Bemühen, die Rechtschreibung der deutschen Sprache zu reformieren, nicht erlahmt. Dies auch deshalb nicht, weil weitere Bearbeitungen, insbesondere in den zahlreichen Auflagen der Duden-Rechtschreibung, die Regelung von 1902 in vielen Bereichen unsystematisch aufgeschwellt, äußerst kompliziert und schwer erlernbar gemacht haben. Auch sind Änderungen im Schreibgebrauch seit 1901 zu berücksichtigen. Eine Vereinfachung durch Systematisierung ist daher längst überfällig; die veraltete Norm muß den heutigen Erfordernissen angepaßt werden.

Was bedeutet »amtliche Rechtschreibung«?

Die neue Regelung wird die von 1902 und nachfolgende Ergänzungsverordnungen ersetzen. Wie das Regelwerk von 1901/1902 wird auch die neue amtliche Rechtschreibung verbindlich sein für diejenigen Institutionen, für die der Staat in dieser Hinsicht Regelungskompetenz besitzt. Das sind einerseits die Schulen und andererseits die Behörden. Darüber hinaus wird sie Vorbildcharakter für alle anderen Bereiche haben, in denen sich die Sprachteilhaber an einer möglichst allgemein gültigen Rechtschreibung orientieren möchten. Das gilt speziell für Druckereien, Verlage und Redaktionen, aber auch für Privatpersonen.

Welchen Grundsätzen ist die Reform verpflichtet?

Die neue Regelung bemüht sich um eine behutsame Vereinfachung der Rechtschreibung. Sie erreicht das vor allem durch die Beseitigung von Ausnahmen und Besonderheiten. Sie weitet damit den Geltungsbereich der Grundregeln aus und erhöht so die Systematik. Die deutsche Rechtschreibung wird leichter erlernbar und einfacher handhabbar sein, ohne daß die Tradition der deutschen Schreibkultur beeinträchtigt wird. Die Lesbarkeit von Texten in der bisherigen Orthographie bleibt erhalten. Die Neuformulierung nach klaren, einheitlichen Gesichtspunkten macht die Regeln insgesamt verständlicher und durchsichtiger.

Wer hat das neue Regelwerk ausgearbeitet?

Der Neuregelungsvorschlag ist das Ergebnis jahrelanger wissenschaftlicher Zusammenarbeit von vier Arbeitsgruppen aus Deutschland, Österreich und der Schweiz und der weiteren Bearbeitung durch den Internationalen Arbeitskreis für Orthographie, der aus diesen Arbeitsgruppen hervorgegangen ist. 1992 hatte dieser wissenschaftliche Arbeitskreis seinen Vorschlag in Buchform vorgelegt (Deutsche Rechtschreibung. Vorschläge zu ihrer Neuregelung, Gunter Narr Verlag Tübingen). Hieraus entstand eine überarbeitete Fassung, die in wohlabgewogener Weise den Hinweisen Rechnung trägt, die sich aus der Diskussion mit Vertretern der Behörden und in der Öffentlichkeit ergeben hatten. Sie nahm in noch stärkerem Maße als die 1992 vorgelegte Fassung Rücksicht auf den Aspekt der politischen Vertretbarkeit und praktischen Durchsetzbarkeit. Diese Überarbeitung bildete die Verhandlungsgrundlage für die 3. Wiener Gespräche zur Neuregelung der deutschen Rechtschreibung im November 1994.

Welchen Charakter hatte diese Wiener Konferenz?

Mit der Wiener Konferenz haben nach 1986 und 1990 zum dritten Mal internationale Verhandlungen auf politischer Ebene über eine Reform der deutschen Orthographie stattgefunden. Auf Einladung des österreichischen Bundesministeriums für Unterricht und Kunst nahmen an den Beratungen vom 22. bis 24. November 1994 Delegationen aus Belgien, Deutschland, Dänemark, Italien/Südtirol, Liechtenstein, Luxemburg, Österreich, Rumänien, der Schweiz und Ungarn teil. Der Vorschlag erhielt die Zustimmung aller Teilnehmer der Konferenz. Er wurde als der am besten durchdachte und am sorgfältigsten abgewogene Vorschlag seit der Normierung der deutschen Orthographie im Jahre 1901 bezeichnet. Die Konferenz würdigte die sorgfältigen und umfangreichen wissenschaftlichen Arbeiten und empfahl den politischen

Entscheidungsinstanzen, die Ergebnisse der Beratungen anzunehmen. Damit bestand seit fast hundert Jahren zum ersten Mal die reale Chance, die deutsche Rechtschreibung behutsam weiterzuentwickeln.

Was geschah seit der Wiener Konferenz?

Nachdem eine in Wien benannte international besetzte Redaktionsgruppe, der auch Fachbeamte angehörten, die Beschlüsse von Wien in das Regelwerk eingearbeitet hatte und insbesondere das Wörterverzeichnis fertiggestellt worden war, konnte am 13. April 1995 die Vorlage für das amtliche Regelwerk den zuständigen Behörden in Deutschland, in Österreich und in der Schweiz übergeben werden. Um jedem Interessierten den Einblick in das vollständige Regelwerk zu ermöglichen und besonders allen, die sich - wie viele Verlage - auf die neue Rechtschreibung einstellen mußten, eine längere Vorbereitungszeit zu geben, veröffentlichte der Internationale Arbeitskreis für Orthographie Anfang Juli 1995 die vollständige Vorlage für das amtliche Regelwerk im Gunter Narr Verlag Tübingen.

Während die Regierungen Österreichs und der Schweiz dem Neuregelungsvorschlag umgehend zustimmten, erhoben einzelne deutsche Politiker Einspruch gegen einige veränderte Wortschreibungen. Nach erneuten und zum Teil heftigen Debatten in der Öffentlichkeit beauftragte die Kultusministerkonferenz Ende September 1995 eine länderoffene Amtschefskommission damit, noch bestehende Probleme für eine abschließende Beratung und Entscheidung aufzubereiten. Diese Kommission hatte außerdem die Beschlüsse der Ministerpräsidentenkonferenz vom 26./27. Oktober 1995 zu berücksichtigen. Im Ergebnis dieser Beratungen wurden einige veränderte Wortschreibungen zurückgenommen und eine Verlängerung der vorgesehenen Fristen vorgeschlagen. Diese Änderungen wurden daraufhin mit Österreich und mit der Schweiz abgestimmt. Auf ihrer Plenarsitzung am 30. November und 1. Dezember 1995 stimmten auch die Kultusminister Deutschlands schließlich der Neuregelung der deutschen Rechtschreibung zu. Dieser Beschluß wurde am 14. Dezember von der Konferenz der Ministerpräsidenten gebilligt. Damit steht der Einführung der Reform nichts mehr im Wege.

Was enthält das neue Regelwerk?

Das neue Regelwerk enthält neben einem Regelteil auch ein umfangreiches Wörterverzeichnis, einen Wörterteil. In diesem sind mit etwa 12.000 Beispielwörtern alle Stammschreibungen des gegenwärtigen Deutschen erfaßt, sofern sie nicht auf fachsprachliche, umgangssprachliche oder auf landschaftlich gebundene Wörter beschränkt sind. Eingearbeitet sind auch alle Schreibungen, die sich aus der Neuregelung ergeben.

Die Reform auf einen Blick

Die folgenden Beispiele sollen die wichtigsten Änderungen illustrieren. Auskunft in jedem konkreten Fall vermag nur das Regelwerk insgesamt - mit seinem Regelteil und seinem Wörterteil - zu geben. In Kraft gesetzt werden die beschlossenen Änderungen mit der Unterzeichnung einer gemeinsamen Erklärung von Deutschland, Österreich und der Schweiz.

A Laut-Buchstaben-Zuordnungen
(einschließlich Fremdwortschreibung)

Einschneidende Maßnahmen, die das historisch gewachsene Schriftbild der deutschen Sprache verändern würden, sind nicht vorgesehen. Frühere Vorschläge sind oft eben daran gescheitert. Die neue Regelung konzentriert sich darauf, Verstöße gegen das **Stammprinzip** zu beseitigen. Sie verfolgt also das Ziel, die gleiche Schreibung eines Wortstammes möglichst in allen Wörtern einer Wortfamilie sicherzustellen. Entscheidend dabei ist, ob ein Wort im heutigen Sprachgebrauch einer Wortfamilie zugeordnet wird oder nicht.

Einzelfälle mit Umlautschreibung

alte Schreibung	neue Schreibung
behende	*behände* (zu *Hand*)
belemmert	*belämmert* (heute zu *Lamm*)
Bendel	*Bändel* (zu *Band*)
Gemse	*Gämse* (zu *Gams*)
Quentchen	*Quäntchen* (heute zu *Quantum*)
schneuzen	*schnäuzen* (zu *Schnauze, großschnäuzig*)
Stengel	*Stängel* (zu *Stange*)
überschwenglich	*überschwänglich* (zu *Überschwang*)
verbleuen	*verbläuen* (heute zu *blau*)

alte Schreibung	neue Schreibung
aufwendig	*aufwendig* (zu *aufwenden*) oder *aufwändig* (zu *Aufwand*)
Schenke	*Schenke* (zu *ausschenken*) oder *Schänke* (zu *Ausschank*)
Wächte »Schneewehe«	*Wechte* (nicht zu *wachen*)
aber weiterhin: *Eltern* (trotz *alt*)	

Einzelfälle mit Verdopplung des Konsonantenbuchstabens nach kurzem Vokal

alte Schreibung	neue Schreibung
Karamel	*Karamell* (zu *Karamelle*)
numerieren	*nummerieren* (zu *Nummer*)
plazieren (placieren)	*platzieren* (zu *Platz*)
Stukkateur	*Stuckateur* (zu *Stuck*)
Tolpatsch	*Tollpatsch* (heute zu *toll*)

ss für ß nach kurzem Vokal

Zur Sicherstellung der gleichen Schreibung der Wortstämme wird auch der Wechsel von *ss* zu *ß* nach kurzem Vokal aufgehoben und konsequent ss geschrieben, also *Wasser/wässerig/wässrig* oder *müssen/er muss.*

Hingegen bleibt *ß* in Wörtern wie *Maß, Muße* und *Straße* erhalten und kennzeichnet nunmehr eindeutig die Länge des vorausgehenden Vokals oder einen Doppellaut vor stimmlosem s-Laut (draußen, beißen).

Die Konjunktion *daß* wird - entsprechend der allgemeinen Regel, daß nach kurzem Vokal *ss* steht - *dass* geschrieben. Damit bleibt die Unterscheidung gegenüber dem Artikel beziehungsweise dem Relativpronomen *das* erhalten.

alte Schreibung	neue Schreibung
hassen - Haß	*hassen - Hass*
küssen - Kuß, sie küßten sich	*küssen - Kuss, sie küssten sich*

alte Schreibung	neue Schreibung
lassen - er läßt	*lassen - er lässt*
müssen - er muß	*müssen - er muss*
pressen – gepreßt Preßlufthammer	*pressen – gepresst Presslufthammer*
Wasser - wässerig - wäßrig	*Wasser - wässerig - wässrig*
wissen – er wußte	*wissen – er wusste*
daß	*dass*

Erhalt der Stammschreibung in Zusammensetzungen

Wenn in Zusammensetzungen drei gleiche Konsonantenbuchstaben zusammentreffen *(Ballett + Truppe, Ballett + Tänzer)*, werden stets alle geschrieben, also nicht nur wie bisher in Fällen wie *Balletttruppe,* sondern auch in Fällen wie *Balletttänzer* (heute *Ballettänzer,* bei Trennung jedoch *Ballett-tänzer*). Die Schreibung mit Bindestrich ist immer möglich.

alte Schreibung	neue Schreibung
Flanellappen	*Flanelllappen*
Flußsand	*Flusssand*
Ballettänzer	*Balletttänzer*
Stoffetzen	*Stofffetzen*
usw.	(wie jetzt schon *Balletttruppe* usw.)
aber weiterhin: *dennoch, Drittel, Mittag*	

Entsprechend bleibt auch bei der Endung *-heit* ein vorausgehendes *h* erhalten: *Rohheit* (zu *roh*), *Zähheit* (zu *zäh*) statt *Roheit* und *Zäheit.* Neben *selbständig* ist auch *selbstständig* (*selbst* + *ständig*) möglich.

alte Schreibung	neue Schreibung
Roheit	*Rohheit* (zu *roh*)
Zäheit	*Zähheit* (zu *zäh*)
Zierat	*Zierrat* (wie *Vorrat*)
selbständig	*selbständig/selbstständig*

Systematisierung in Einzelfällen

Die Schreibung von bisher *rauh* und *Känguruh* wird geändert zu *rau* (vgl. die Adjektive auf *-au* wie *blau, grau, genau, schlau*) beziehungsweise zu *Känguru* (vgl. andere fremdsprachige Tierbezeichnungen wie *Emu, Gnu, Kakadu*).

alte Schreibung	neue Schreibung
rauh	*rau* (wie *grau, schlau* usw.)
Känguruh	*Känguru* (wie *Gnu, Kakadu* usw.)

Entsprechend dem zugrundeliegenden Substantiv auf *-anz* oder *-enz* ist die Schreibung mit *z* (*essenziell* usw.) die Hauptform. Die bisherige Schreibung mit *t* (*essentiell* usw.) bleibt als Nebenform bestehen.

alte Schreibung	neue Schreibung
essentiell	*essenziell* (zu *Essenz*), auch *essentiell*
Differential	*Differenzial* (zu *Differenz*), auch *Differential*
differentiell	*differenziell* (zu *Differenz*), auch *differentiell*
Potential	*Potenzial* (zu *Potenz*), auch *Potential*
potentiell	*potenziell* (zu *Potenz*), auch *potentiell*
substantiell	*substanziell* (zu *Substanz*), auch *substantiell*

Fremdwörter bereiten wegen ihrer fremden Laut-Buchstaben-Zuordnungen oft besondere orthographische Schwierigkeiten. Im Widerstreit stehen der Respekt vor der fremden Sprache einerseits und die Loyalität gegenüber der Muttersprache andererseits. Angleichungen in der Schreibung (und in der Aussprache) haben seit jeher stattgefunden, betreffen im Normalfall aber nur häufig gebrauchte Wörter des Alltagswortschatzes.

Weitere Angleichungen kommen daher nur in Betracht und sollen in der Regel nur dann vorgenommen werden, wenn eine Entwicklung bereits angebahnt ist. So läßt sich beispielsweise die in den Wortstämmen *phon, phot* und *graph* bereits vorhandene *f*-Schreibung für *ph* auf weitere Beispiele ausdehnen. Auf eine forcierte Angleichung über diese Wortstämme hinaus wird jedoch verzichtet. Wörter wie *Philosophie, Phänomen, Metapher* oder *Sphäre* sollen weiterhin wie bisher geschrieben werden.

Ist eine integrierte Schreibung schon heute bei den meisten Wörtern einer Gruppe vorhanden (etwa die Schreibung *-ee* statt *-é* oder *-ée*: *Allee, Komitee, Resümee* usw.), so wird diese für alle übrigen Wörter als zweite zulässige Schreibung oder als bevorzugte Variante vorgeschlagen. Das gilt auch für Wörter mit den Stämmen *phon/fon, phot/fot, graph/graf* (heute schon: *Fotografie, Grafik, Mikrofon* usw.).

Die Eindeutschung von Fremdwörtern ist zwar für jeden gewöhnungsbedürftig, doch ist dieser Schritt sinnvoll, weil die deutsche Sprache wie jede andere Sprache seit jeher das Bestreben hat, sich Fremdes zu eigen zu machen. Im Verlaufe der Sprachgeschichte sind auf diese Weise Tausende aus anderen Sprachen übernommene Wörter zu heimischen Wörtern (Lehnwörtern) geworden: Aus älterer Zeit gehören dazu etwa *Esel, kaufen, Kohl, Münze, pflanzen, Senf, Straße* oder *Tisch*, aus jüngerer Zeit beispielsweise *Bluse, Bombe, Dekan, Mais, Muster, Scheck, Streik* oder *Tasse*. In der Regel tritt die neue Schreibung als fakultative Nebenform zunächst neben die bisherige Schreibung. Dieses Verhältnis kann sich mit wachsender Vertrautheit auch allmählich umkehren, was vor allem bei Alltagswörtern oft der Fall ist.

Die vorgeschlagenen Änderungen betreffen im einzelnen die Gruppen, deren wesentliche Fälle im folgenden aufgeführt sind:

alte Schreibung	neue Schreibung
ai	***ai* oder *ä***
Frigidaire	*Frigidaire*, auch *Frigidär* (als Warenzeichen *Frigidaire*)
Necessaire	*Necessaire*, auch *Nessessär* (wie jetzt schon *Mohär, Sekretär, Militär, Majonäse, Polonäse* usw.)
ph	***ph* oder *f***
quadrophon	*quadrophon*, auch *quadrofon*
Photometrie	*Fotometrie*, auch *Photometrie*

alte Schreibung	neue Schreibung
Geographie	*Geographie*, auch *Geografie*
Graphologe	*Graphologe*, auch *Grafologe*
Orthographie	*Orthographie*, auch *Orthografie*
Megaphon	*Megaphon*, auch *Megafon* (wie jetzt schon *Mikrofon, Fotografie, Grafik* usw.)
Delphin	*Delphin*, auch *Delfin* (wie jetzt schon *fantastisch*)
gh	***gh* oder *g***
Joghurt	*Joghurt*, auch *Jogurt*
Spaghetti	*Spaghetti*, auch *Spagetti* (wie jetzt schon *Getto, Finn-Dingi* usw.)
é* und *ée	***é/ée* oder *ee***
Bouclé	*Bouclé*, auch *Buklee*
Exposé	*Exposee*, auch *Exposé*
Kommuniqué	*Kommuniqué*, auch *Kommunikee*
Varieté	*Varietee*, auch *Varieté*
Chicorée	*Chicorée*, auch *Schikoree* (wie jetzt schon *Allee, Armee, Komitee, Resümee, Dragee, Haschee* usw.)
qu	***k***
Kommuniqué	*Kommuniqué*, auch *Kommunikee* (wie jetzt schon *Etikett, Likör* usw.)

alte Schreibung	neue Schreibung
ou	***ou* oder *u***
Bouclé	*Bouclé*, auch *Buklee* (wie jetzt schon *Nugat*)
ch	***ch* oder *sch***
Ketchup	*Ketschup*, auch *Ketchup*
Chicorée	*Chicorée*, auch *Schikoree* (wie jetzt schon *Anschovis, Broschüre, Haschee, retuschieren, Scheck, Sketsch, transchieren* usw.)
rh	***rh* oder *r***
Katarrh	*Katarrh*, auch *Katarr*
Myrrhe	*Myrrhe*, auch *Myrre*
Hämorrhoiden	*Hämorrhoiden*, auch *Hämorriden*
c	***c* oder *ss***
Facette	*Facette*, auch *Fassette*
Necessaire	*Necessaire*, auch *Nessessär* (wie jetzt schon *Fassade, Fasson, Rasse* usw.)
th	**th oder t**
Panther	*Panther*, auch *Panter*
Thunfisch	*Thunfisch*, auch *Tunfisch*
Hinzu kommt als Einzelfall:	
Portemonnaie	*Portmonee*, auch *Portemonnaie*

B Getrennt- und Zusammenschreibung

Im amtlichen Regelwerk von 1901/1902 war der Bereich der Getrennt- und Zusammenschreibung nicht generell geregelt. Die im Rechtschreib-Duden seit 1915 entwickelte und heute mit einer Vielzahl von Sonderregelungen belastete Darstellung soll vor allem dadurch überschaubarer gemacht werden, daß von der Getrenntschreibung als dem Normalfall ausgegangen wird. An die Stelle schwer handhabbarer inhaltlicher Kriterien (Zusammenschreibung »wenn ein neuer Begriff entsteht« oder »wenn die Bedeutung des Substantivs verblaßt ist«) sollen grammatische Proben (*Erweiterbarkeit, Steigerbarkeit* usw.) treten. Die wichtigsten Vorschläge betreffen die folgenden Gruppen:

Verbindungen wie *Auto fahren/ich fahre Auto*, (aber bisher) *radfahren/ich fahre Rad* werden generell getrennt geschrieben:

alte Schreibung	neue Schreibung
radfahren, aber *Auto fahren*	*Rad fahren* (wie *Auto fahren*)
teppichklopfen/ Teppich klopfen	*Teppich klopfen*
haltmachen	*Halt machen*

Die Unterscheidung von konkreter und übertragener Bedeutung als Kriterium für Getrenntschreibung (*auf dem Stuhl sitzen bleiben*) beziehungsweise Zusammenschreibung (in der Schule *sitzenbleiben* im Sinne von *»nicht versetzt werden«*) wird aufgegeben, da dieses Kriterium schon bisher nicht funktioniert, wie die folgenden Beispiele zeigen: *im Bett liegenbleiben* (bisher zusammen trotz konkreter Bedeutung), mit *seinem Plan baden gehen* (bisher getrennt trotz übertragener Bedeutung *»scheitern«*). Gelten soll hier die konsequente Getrenntschreibung (bei geänderter Stellung ohnehin schon bisher: *er blieb in der Schule sitzen*). Aus dem Textzusammenhang heraus sind alle diese Fälle eindeutig zu verstehen.

alte Schreibung	neue Schreibung
sitzenbleiben (in der Schule), aber *sitzen bleiben* (auf dem Stuhl)	*sitzen bleiben*

Eine Differenzierung der Schreibung nach inhaltlichen Kriterien wird zugunsten der Getrenntschreibung auch in Fällen wie den folgenden aufgegeben:

alte Schreibung	neue Schreibung
abwärtsgehen (schlechter werden), *aber abwärts gehen* (einen Weg)	*abwärts gehen*

In den folgenden Fällen wird aus Gründen der Analogie zu bereits bestehenden Schreibungen getrennt geschrieben:

alte Schreibung	neue Schreibung
gefangennehmen, aber *getrennt schreiben*	*gefangen nehmen* (wie *getrennt schreiben*)
übrigbleiben, aber *artig grüßen*	*übrig bleiben* (wie *artig grüßen*)

Bereinigt wird die Regelung von Verbindungen wie *aneinander/auseinander/beieinander* + Verb, und zwar durch generelle Getrenntschreibung, die für viele, aber nicht für alle Einzelfälle schon bisher galt.

alte Schreibung	neue Schreibung
aneinanderfügen, aber *aneinander denken*	*aneinander fügen* (wie *aneinander denken*)
zueinanderfinden, aber *zueinander passen*	*zueinander finden* (wie *zueinander passen*)

Die Schreibung der Partizipformen richtet sich immer nach der Schreibung der Infinitivformen:

alte Schreibung	neue Schreibung
nahestehend	*nahe stehend* *(weil nahe stehen)*
laubtragende/ *Laub tragende (Bäume)*	*Laub tragende (Bäume)* *(weil Laub tragen)*

Wie bereits *so viele*, *wie viele* wird jetzt auch *so viel*, *wie viel* geschrieben:

alte Schreibung	neue Schreibung
soviel, wieviel, aber *so viele, wie viele*	*so viel, wie viel* (wie so viele, wie viele)

Hingegen werden alle Verbindungen mit *irgend* - wie bisher schon *irgendwer* und *irgendwohin* - zusammengeschrieben:

alte Schreibung	neue Schreibung
irgend etwas *irgend jemand,*	*irgendetwas* *irgendjemand*
aber *irgendwer,* *irgendwann*	(wie *irgendwer,* *irgendwann*)

C Schreibung mit Bindestrich

Der Bindestrich eröffnet dem Schreibenden grundsätzlich die Möglichkeit, unübersichtliche Zusammenschreibungen zu gliedern; und er läßt es zu, graphisch beziehungsweise syntaktisch nicht vereinbare Bestandteile als eine Einheit darzustellen (*3/4-Takt*, das *In-den-Tag-hinein-Träumen* usw.). Die neue Regelung soll vor allem Ungereimtheiten beseitigen. Zugleich will sie der Entscheidung des Schreibenden mehr Raum geben, durch die Verwendung des Bindestrichs seine Aussageabsicht zu verdeutlichen.

alte Schreibung	neue Schreibung
Ichform, Ichsucht, *aber Ich-Laut*	*Ichform/Ich-Form,* *Ichsucht/Ich-Sucht,* *Ichlaut/Ich-Laut*
17jährig, 3tonner	*17-jährig, 3-Tonner*
2pfünder	*2-Pfünder*
4silbig, 100prozentig	*4-silbig, 100-prozentig*

alte Schreibung	neue Schreibung
Kaffee-Ersatz	*Kaffeeersatz/ Kaffee-Ersatz*
Zoo-Orchester	*Zooorchester/ Zoo-Orchester*
Balletttruppe	*Balletttruppe/ Ballett-Truppe*
Flußsand	*Flusssand/Fluss-Sand*

Für mehrgliedrige Anglizismen gelten die gleichen Regeln wie für einheimische Zusammensetzungen, d. h. grundsätzlich Zusammenschreibung, aber zulässige Schreibung mit Bindestrich, vor allem dann, wenn Unübersichtlichkeit befürchtet wird.

alte Schreibung	neue Schreibung
Hair-Stylist	*Hairstylist/Hair-Stylist*
Job-sharing	*Jobsharing/Job-Sharing*
Midlife-crisis	*Midlifecrisis/Midlife-Crisis*
Sex-Appeal	*Sexappeal/Sex-Appeal*
Shopping-Center	*Shoppingcenter/ Shopping-Center*

D Groß- und Kleinschreibung

Da sich für die vom Internationalen Arbeitskreis für Orthographie ursprünglich vorgeschlagene Kleinschreibung der Substantive keine mehrheitliche Zustimmung finden ließ, wurde in Wien über den Vorschlag einer modifizierten Großschreibung entschieden. Ziel dieses Vorschlags ist es, die Großschreibung der Substantive beizubehalten, besonders schwierige Bereiche der Groß- und Kleinschreibung jedoch im Sinne einer besseren Handhabung neu zu regeln. Im Gegensatz zu allen anderen Sprachen dient die Großschreibung im Deutschen nicht nur der Kennzeichnung von Satzanfängen, Eigennamen und Ausdrücken der Ehrerbietung, sondern auch zur Markierung einer Wortart: der Substantive.

Schwierigkeiten bei der Groß- und Kleinschreibung ergeben sich vor allem daraus, daß einerseits Wörter aller nichtsubstantivischen Wortarten im Text als Substantiv gebraucht werden können und dann groß zu schreiben sind (d*as Laufen, das Wenn und Aber, die Ewiggestrigen*). In vielen Fällen ist diese Substantivierung jedoch nur eine scheinbare, formale, so daß nach der geltenden Regelung keine Großschreibung eintritt (*im voraus; es ist das beste, wenn ...; im nachhinein; auf dem trockenen sitzen* »in finanzieller Verlegenheit sein« usw.). Andererseits werden in einer Reihe von Fällen ursprüngliche Substantive auch nichtsubstantivisch gebraucht (*heute abend, mittags, trotz seiner Krankheit*) und entsprechend kleingeschrieben.

Die Änderungen zielen darauf ab, klare, wenn möglich formale Kriterien für die Großschreibung zu gewinnen. Damit kommt dem Artikelgebrauch entscheidende Bedeutung zu. Insgesamt führt das zu einer leichten Vermehrung der Großschreibung.

So werden Substantive in Verbindung mit einer Präposition (wie *auf Grund, in Bezug, mit Bezug*) oder einem Verb (z.B. *Rad fahren, Tennis spielen*) generell groß geschrieben.

alte Schreibung	neue Schreibung
in bezug auf, aber *mit Bezug auf*	*in Bezug auf* (wie *mit Bezug auf*)
radfahren, aber *Auto fahren*	*Rad fahren* (wie *Auto fahren*)

Nur noch in Verbindung mit den Verben *sein, bleiben* und *werden* schreibt man *Angst, Bange, Gram, Leid, Schuld* und *Pleite* klein (*Mir wird angst. Sie sind schuld daran.* Aber: *Ich habe Angst. Sie hat Schuld daran.*).

alte Schreibung	neue Schreibung
angst (und bange) machen, aber *Angst haben*	*Angst (und Bange) machen* (wie *Angst haben*)
schuld geben	*Schuld geben*
pleite gehen	*Pleite gehen* (aber *bange sein, gram bleiben, pleite werden*)

Groß geschrieben werden substantivierte Adjektive als Ordinalzahlen (z.B. *der Erste und der Letzte, der Nächste, jeder Dritte*), den Indefinitpronomen nahe stehende unbestimmte Zahladjektive (z.B. *alles Übrige, nicht das Geringste*) sowie Adjektive in festen Wortverbindungen (z.B. *im Klaren, im Folgenden, im Nachhinein, des Näheren* oder - bei Verwendung sowohl in wörtlicher als auch in übertragener Bedeutung - *im Dunkeln tappen, im Trüben fischen*).

alte Schreibung	**neue Schreibung**
der, die, das letzte	*der, die, das Letzte*
der nächste, bitte	*der Nächste, bitte*
alles übrige	*alles Übrige*
nicht das geringste	*nicht das Geringste*
im großen und ganzen	*im Großen und Ganzen*
des näheren	*des Näheren*
im allgemeinen	*im Allgemeinen*
es ist das beste (= am besten), *wenn...*	*das Beste*
auf dem trockenen sitzen (in finanzieller Verlegenheit sein)	*auf dem Trockenen sitzen*
den kürzeren ziehen (Nachteile haben)	*den Kürzeren ziehen*

Bezeichnungen für Tageszeiten werden groß geschrieben, wenn sie in Verbindung mit *heute*, *(vor)gestern* oder *(über)morgen* stehen: *heute Mittag, gestern Abend, vorgestern Morgen.* - Als substantivische Zusammensetzung gilt die Verbindung von Wochentag und Tageszeit: *am Sonntagabend* (dazu das Adverb *sonntagabends*).

alte Schreibung	**neue Schreibung**
heute mittag	*heute Mittag*
gestern abend	*gestern Abend*
am Sonntag abend	*am Sonntagabend*
Sonntag abends	*sonntagabends*

Groß geschrieben werden Farb- und Sprachbezeichnungen in Verbindung mit Präpositionen (z. B. *in Rot, bei Grün; auf Englisch, in Deutsch*).

alte Schreibung	neue Schreibung
auf deutsch, aber *bei Grün*	*auf Deutsch* (wie *bei Grün*)

Groß geschrieben werden Paarformeln mit nicht deklinierten Adjektiven zur Bezeichnung von Personen (z. B. *Arm und Reich, Jung und Alt, Groß und Klein*).

alte Schreibung	neue Schreibung
groß und klein	*Groß und Klein*
jung und alt, aber *Arm und Reich*	*Jung und Alt* (wie *Arm und Reich*)

Bei Superlativen mit *aufs* ist Großschreibung (*aufs Beste, aufs Herzlichste*) oder Kleinschreibung möglich (*aufs beste, aufs herzlichste*).

alte Schreibung	neue Schreibung
aufs beste	*aufs beste/aufs Beste*
aufs herzlichste	*aufs herzlichste/* *aufs Herzlichste*

Bei festen Fügungen aus Adjektiv und Substantiv wird das Adjektiv generell klein geschrieben (z. B. *das schwarze Brett, die erste Hilfe, der weiße Tod*). Großschreibung tritt jedoch ein, wenn es sich um Eigennamen, d. h. um singuläre Benennungen handelt (z. B. *der Stille Ozean*). Auch Titel (z. B. *Regierender Bürgermeister*), klassifizierende Bezeichnungen in der Biologie (z. B. *Roter Milan*), besondere Kalendertage (z. B. *Heiliger Abend*) und historische Ereignisse (z. B. *der Westfälische Friede*) werden groß geschrieben.

alte Schreibung	neue Schreibung
das Schwarze Brett	*das schwarze Brett*
der Weiße Tod	*der weiße Tod*
die Erste Hilfe	*die erste Hilfe*

Ableitungen von Personennamen, wie z. B. *ohmsch*, werden generell klein geschrieben, d. h. auch, wenn die persönliche Leistung gemeint ist: *das ohmsche Gesetz.* Groß wird ein Name geschrieben, wenn seine Grundform betont werden soll. Dann wird die Endung mit einem Apostroph abgesetzt: die *Grimm'schen Märchen.*

alte Schreibung	neue Schreibung
das Ohmsche Gesetz, aber *der ohmsche Widerstand*	*das ohmsche Gesetz* (wie *der ohmsche Widerstand*)

Klein geschrieben werden die vertraulichen Anredepronomen *du* und *ihr* mit ihren zugehörigen Formen, während *Sie* und *Ihr* als Höflichkeitsanreden samt ihren flektierten Formen weiterhin groß zu schreiben sind.

alte Schreibung	neue Schreibung
Du, Dein, Dir usw.	*du, dein, dir* usw.
Ihr, Euer, Euch usw. (in der vertraulichen Anrede)	*ihr, euer, euch* usw.

E Zeichensetzung

Auch der Bereich der Zeichensetzung war im amtlichen Regelwerk von 1901/1902 nicht geregelt. Gegenüber der bisherigen Duden-Regelung gibt es Vereinfachungen beim Komma vor *und* und *oder* sowie in Verbindung mit Infinitiv- und Partizipgruppen. Dem Schreibenden wird hier größere Freiheit eingeräumt. Dadurch hat er mehr Möglichkeiten, dem Lesenden die Gliederung zu verdeutlichen und das Verstehen zu erleichtern.

Mit *und* und *oder* verbundene Hauptsätze müssen nicht mehr durch ein Komma getrennt werden.

alte Schreibung	neue Schreibung
Der Schnee schmolz dahin, und bald ließen sich die ersten Blumen sehen, und die Vögel stimmten ihr Lied an.	*Der Schnee schmolz dahin und bald ließen sich die ersten Blumen sehen und die Vögel stimmten ihr Lied an.*

Bei Infinitiv- oder Partizipgruppen wird ein Komma nur noch gesetzt, wenn sie durch eine hinweisende Wortgruppe angekündigt (1) oder wieder aufgenommen werden (2) oder wenn sie aus der üblichen Satzstruktur herausfallen (3):

(1) *Darüber, bald zu einem Erfolg zu kommen, dachte sie lange nach.*

(2) *Bald zu einem Erfolg zu kommen, das war ihr sehnlichster Wunsch.*

(3) *Sie, um bald zu einem Erfolg zu kommen, schritt alsbald zur Tat.*

Zweckmäßig ist es, ein Komma zu setzen, wenn dadurch die Gliederung des Satzes verdeutlicht wird oder ein Mißverständnis ausgeschlossen werden kann: *Sie begegnete ihrem Trainer(,) und dessen Mannschaft mußte lange auf ihn warten. Ich rate(,) ihm(,) zu helfen.*

Alle anderen Regeln für die Zeichensetzung bei diesen Gruppen entfallen.

F Worttrennung am Zeilenende

Bei der **Trennung der Wörter** wird die bisherige Regel, *st* stets ungetrennt zu lassen („Trenne nie *st*, denn es tut ihm weh!"), aufgehoben. Wörter wie *Wes-te, Kas-ten* werden so getrennt wie bisher schon *Wes-pe* oder *Kas-ko*.

alte Schreibung	neue Schreibung
We-ste	*Wes-te*
Ka-sten	*Kas-ten*
Mu-ster	*Mus-ter*

Weiterhin wird das *ck (Zucker)* bei der Worttrennung nicht mehr durch *kk* ersetzt (bisher *Zuk-ker*). Im Sinne der Beibehaltung der Stammschreibung bleibt *ck* erhalten und kommt geschlossen auf die nächste Zeile, also *Zu-cker* (ähnlich wie bei *la-chen* und *wa-schen*).

alte Schreibung	**neue Schreibung**
Zuk-ker	*Zu-cker*
lek-ken	*le-cken*
Bak-ke	*Ba-cke*

Für Fremdwörter gelten neben den bisher vorgeschriebenen Trennungen, die der Herkunftssprache Rechnung tragen (*Chir-urg, Si-gnal, Päd-agoge, par-allel, Heliko-pter*), nun auch die für heimische Wörter geltenden Trennregeln: *Chi-rurg* (wie *Si-rup*), *Sig-nal* (wie *leug-nen*), *Pä-dagogik* (wie *ba-den*), *pa-rallel* (wie *Pa-rade*), *Helikop-ter* (wie *op-tisch*).

alte Schreibung	**neue Schreibung**
Chir-urg	*Chir-urg/Chi-rurg*
Si-gnal	*Si-gnal/Sig-nal*
Päd-agogik	*Päd-agogik/Pä-dagogik*
par-allel	*par-allel/pa-rallel*
Heliko-pter	*Heliko-pter/Helikop-ter*

Die Regelung, nach der ein einzelner Vokalbuchstabe am Wortanfang nicht abgetrennt werden darf, wird aufgehoben.

alte Schreibung	**neue Schreibung**
Ufer (untrennbar)	*U-fer*
Ofen (untrennbar)	*O-fen*

Lesehemmende Trennungen (*Seeu-fer, Altbauer-haltung*) sollte man vermeiden.

Wann wird die neue Regelung in Kraft treten?

Zunächst war vorgesehen, Ende 1995 ein zwischenstaatliches Abkommen zwischen Deutschland, Österreich und der Schweiz zu unterzeichnen und mit der Einführung der neuen Rechtschreibung in die Schulen 1997 zu beginnen. Im Ergebnis der politischen Beratungen in Deutschland sind diese Termine inzwischen korrigiert worden. Mit der Unterzeichnung einer gemeinsamen Erklärung von Deutschland, Österreich und der Schweiz ist im Frühjahr 1996 zu rechnen. Weitere interessierte Länder, in denen Deutsch von einer Minderheit gesprochen wird, sind eingeladen, dem Abkommen beizutreten. Erst mit Beginn des Schuljahres 1998/99 soll ausschließlich die neue Rechtschreibung in den Schulen gelehrt werden. Auch die Übergangszeit ist verlängert worden. Danach wird die bisherige Schreibung bis zum Ende des Schuljahres 2004/05 wohl als überholt, jedoch nicht als falsch gelten.

Wird die Orthographiereform bezahlbar sein?

Die Verlängerung der Übergangszeit soll es ermöglichen, die Neuregelung der deutschen Rechtschreibung ohne besondere Kosten umzusetzen. Damit können Schulbücher im normalen Rhythmus erneuert werden. Mit Ausnahme von Sprachlehrbüchern soll die neue Orthographie erst bei Neusatz Berücksichtigung finden. Auch sind bereits gedruckte Formulare ganz normal aufzubrauchen.

Wie lange soll die neue Regelung Bestand haben?

Die neue Regelung soll möglichst lange Bestand haben. Häufige Änderungen der Norm würden zu ständigen Verunsicherungen in der Sprachgemeinschaft führen. Allerdings wird es unausweichlich sein, gelegentlich Korrekturen vorzunehmen, sei es, um neuen Entwicklungen gerecht zu werden, oder sei es, um in Einzelfällen auch überholte Schreibungen (etwa bei Varianten) zu streichen. Derartige Anpassungen, die bisher - nicht selten uneinheitlich - von den Rechtschreibwörterbüchern vorgenommen worden sind, sollen künftig von einer Zwischenstaatlichen Kommission für die deutsche Rechtschreibung durchgeführt werden. Sie wird ihren Sitz entsprechend dem Beschluß der Kultusminister der Bundesländer (KMK) vom 30.11./1.12.1995 am Institut für deutsche Sprache in Mannheim haben, das schon bisher die Bemühungen um die Neuregelung der deutschen Rechtschreibung koordiniert hat.

Beispiele für neue Schreibungen

entsprechend den Beschlüssen der 3. Wiener Gespräche vom November 1994 und unter Berücksichtigung der Korrekturen, die sich im Ergebnis des Bewilligungsverfahrens ergeben haben

alte Schreibung	neue Schreibung
heute [gestern, morgen] abend	heute [gestern, morgen] Abend
am Sonntag abend	am Sonntagabend
jeden Sonntag abend	jeden Sonntagabend
sonntags abends	sonntagabends
abwärtsgehen	abwärts gehen
ade sagen	Ade sagen
Alptraum	Albtraum/Alptraum
As	Ass
außer acht lassen	außer Acht lassen
sich in acht nehmen	sich in Acht nehmen
und ähnliches [u. ä.]	und Ähnliches [u. Ä.]
alleinstehend	allein stehend
allgemeinbildend	allgemein bildend
im allgemeinen	im Allgemeinen
alles beim alten lassen	alles beim Alten lassen
andersdenkend	anders denkend
aneinandergrenzen	aneinander grenzen
angst [und bange] machen	Angst [und Bange] machen
an-onym	an-onym/a-no-nym
im argen liegen	im Argen liegen
aufeinandertreffen	aufeinander treffen
aufsehenerregend	Aufsehen erregend
aufwendig	aufwendig/aufwändig
Au-pair-Mädchen	Aupairmädchen/ Au-pair-Mädchen
auseinandergehen	auseinander gehen
Bak-ke	Ba-cke
Ballettänzer	Balletttänzer/Ballett-Tänzer
bankrott gehen	Bankrott gehen
Baß	Bass
Baßstimme	Bassstimme/Bass-Stimme
behende	behände
bekanntmachen	bekannt machen
belemmert	belämmert
jeder beliebige	jeder Beliebige

alte Schreibung	neue Schreibung
Bendel	Bändel
er [sie, es] beschloß	er [sie, es] beschloss
Beschluß	Beschluss
im besonderen	im Besonderen
bessergehen	besser gehen
das beste wäre, wenn	das Beste wäre, wenn
der [die, das] erste beste	der [die, das] erste Beste
zum besten geben [haben, stehen]	zum Besten geben [haben, stehen]
in bezug auf	in Bezug auf
Big Band	Bigband/Big Band
Biographie	Biografie, *auch* Biographie
Biß	Biss
ein bißchen	ein bisschen
blau-rot	blaurot/blau-rot
blaß	blass
bleibenlassen	bleiben lassen
blondgelockt	blond gelockt
Bouclé	Bouclé, *auch* Buklee
sich im bösen trennen	sich im Bösen trennen
Brennessel	Brennnessel
bük-ken	bü-cken
Chicorée	Chicorée, *auch* Schikoree
Chir-urg	Chir-urg/Chi-rurg
Cleverneß	Cleverness
dafürsein	dafür sein
dar-in	dar-in/da-rin
dasein	da sein
daß	dass
Delphin	Delphin, *auch* Delfin
auf deutsch	auf Deutsch
Differential	Differenzial, *auch* Differential
druk-ken	dru-cken
Du, Dein *usw.* *(in der Anrede)*	du, dein *usw.*
im dunkeln tappen	im Dunkeln tappen
dünnbesiedelt	dünn besiedelt
an Eides Statt	an Eides statt
sein eigen nennen	sein Eigen nennen
jeder einzelne	jeder Einzelne
als einziges	als Einziges
im einzelnen	im Einzelnen
eislaufen	Eis laufen
Erlaß	Erlass
ernstgemeint	ernst gemeint
die Erste Hilfe	die erste Hilfe

alte Schreibung	neue Schreibung
essentiell	essenziell, *auch* essentiell
Exposé	Exposee, *auch* Exposé
Facette	Facette, *auch* Fassette
Fairneß	Fairness
fallenlassen	fallen lassen
Faß	Fass
fertigstellen	fertig stellen
feuerspeiend	Feuer speiend
Flanellappen	Flanelllappen/ Flanell-Lappen
fleischfressend	Fleisch fressend
Fluß	Fluss
Flußsand	Flusssand/Fluss-Sand
es ist folgendes festzustellen...	es ist Folgendes festzustellen...
im folgenden wird dargelegt...	im Folgenden wird dargelegt...
Fön	Föhn (*als Warenzeichen:* Fön)
Ihr, Euch *usw.* *(in der Anrede)*	ihr, euch *usw.*
in Frage stellen	in Frage stellen/ infrage stellen
jemandem freund sein	jemandem Freund sein
Frigidaire	Frigidaire, *auch* Frigidär (*als Warenzeichen*: Frigidaire)
er [sie, es] frißt	er [sie, es] frisst
fro-stig	fros-tig
im [großen und] ganzen	im [Großen und] Ganzen
gar-stig	gars-tig
Gä-ste	Gäs-te
gefangennehmen	gefangen nehmen
im geheimen	im Geheimen
geheimhalten	geheim halten
Gemse	Gämse
aufs genaueste	aufs genaueste/ aufs Genaueste
genaugenommen	genau genommen
Genuß	Genuss
nicht das geringste	nicht das Geringste
nicht im geringsten	nicht im Geringsten
Geschirreiniger	Geschirrreiniger/ Geschirr-Reiniger
gewiß	gewiss
das gleiche, was...	das Gleiche, was...
glühendheiß	glühend heiß

alte Schreibung	neue Schreibung
es goß	es goss
Graphologe	Graphologe, *auch* Grafologe
gräßlich	grässlich
grauenerregend	Grauen erregend
grau-grün	graugrün/grau-grün
Guß	Guss
jenseits von Gut und Böse sein	jenseits von gut und böse sein
Hair-Stylist	Hairstylist/Hair-Stylist
haltmachen	Halt machen
Hämorrhoiden	Hämorrhoiden, *auch* Hämorriden
hartgekocht	hart gekocht
häßlich	hässlich
er [sie, es] haßt	er [sie, es] hasst
heiligsprechen	heilig sprechen
He-li-ko-pter	He-li-ko-pter/He-li-kop-ter
hellodernd	hell lodernd
her-an	her-an/he-ran
auf das herzlichste	auf das herzlichste/ auf das Herzlichste
Hosteß	Hostess
Hungers sterben	hungers sterben
Ichform	Ichform/Ich-Form
Ich-Laut	Ichlaut/Ich-Laut
Imbiß	Imbiss
imstande sein	imstande sein/ im Stande sein
in Frage kommen	in Frage kommen/ infrage kommen
In-ter-es-se	In-ter-es-se/In-te-res-se
irgend etwas	irgendetwas
irgend jemand	irgendjemand
er [sie] ißt	er [sie] isst
Jäheit	Jähheit
Job-sharing	Jobsharing/Job-Sharing
Joghurt	Joghurt, *auch* Jogurt
jung und alt	Jung und Alt
Känguruh	Känguru
Karamel	Karamell
kennenlernen	kennen lernen
keß	kess
Ketchup	Ketschup, *auch* Ketchup
Ki-ste	Kis-te
im klaren sein	im Klaren sein
bis ins kleinste	bis ins Kleinste

alte Schreibung	neue Schreibung
kochendheiß	kochend heiß
Kommuniqué	Kommuniqué, *auch* Kommunikee
Kongreß	Kongress
kopfstehen	Kopf stehen
Kreppapier	Krepppapier/Krepp-Papier
den kürzeren ziehen	den Kürzeren ziehen
Kuß	Kuss
langgestreckt	lang gestreckt
er [sie, es] läßt	er [sie, es] lässt
laubtragend/Laub tragend	Laub tragend
auf dem laufenden sein	auf dem Laufenden sein
lek-ken	le-cken
der [die, das] letzte	der [die, das] Letzte
liegenlassen	liegen lassen
Lithographie	Lithographie, *auch* Lithografie
lok-ken	lo-cken
maßhalten	Maß halten
nicht im mindesten	nicht im mindesten/ nicht im Mindesten
Mißgunst	Missgunst
mißlich	misslich
mißlingen	misslingen
heute [gestern, morgen] mittag	heute [gestern, morgen] Mittag
alles mögliche	alles Mögliche
sein möglichstes tun	sein Möglichstes tun
Mon-ar-chie	Mon-ar-chie/Mo-nar-chie
Mop	Mopp
heute [gestern] morgen	heute [gestern] Morgen
er [sie, es] muß	er [sie, es] muss
Mu-ster	Mus-ter
im nachhinein	im Nachhinein
der nächste, bitte!	der Nächste, bitte!
des näheren [erklären]	des Näheren [erklären]
näherkommen	näher kommen
nahegehen	nahe gehen
nahestehend	nahe stehend
naß	nass
nebeneinanderstellen	nebeneinander stellen
Necessaire	Necessaire, *auch* Nessessär
nek-ken	ne-cken
neur-al-gisch	neur-al-gisch/neu-ral-gisch
numerieren	nummerieren
Nuß	Nuss

alte Schreibung	neue Schreibung
zunutze machen	zunutze machen/ zu Nutze machen
Ofen	O-fen
das Ohmsche Gesetz	das ohmsche Gesetz
Open air	Open Air/Openair
Orthographie	Orthographie, *auch* Orthografie
Päd-ago-ge	Päd-ago-ge/Pä-da-go-ge
Panther	Panther, *auch* Panter
par-al-lel	par-al-lel/pa-ral-lel
Paß	Pass
Photometrie	Fotometrie, *auch* Photometrie
plazieren/placieren	platzieren
pleite gehen	Pleite gehen
Portemonnaie	Portmonee, *auch* Portemonnaie
Potential	Potenzial, *auch* Potential
potentiell	potenziell, *auch* potentiell
Prozeß	Prozess
quadrophon	quadrophon, *auch* quadrofon
Quentchen	Quäntchen
radfahren	Rad fahren
rauh	rau
recht behalten [erhalten, haben]	Recht behalten [erhalten, haben]
reichgeschmückt	reich geschmückt
ins reine schreiben	ins Reine schreiben
richtigstellen	richtig stellen
er [sie, es] riß	er [sie, es] riss
Riß	Riss
Roheit	Rohheit
ruhigstellen	ruhig stellen
Rush-hour	Rushhour
sauberhalten	sauber halten
Schenke	Schenke/Schänke
Schloß	Schloss
Schluß	Schluss
Schlußstrich	Schlussstrich/ Schluss-Strich
schneuzen	schnäuzen
er [sie, es] schoß	er [sie, es] schoss
jemandem schuld geben	jemandem Schuld geben
Schuß	Schuss
das Schwarze Brett	das schwarze Brett
schwerfallen	schwer fallen

alte Schreibung	neue Schreibung
schwerverständlich	schwer verständlich
Schwimmeister	Schwimmmeister/ Schwimm-Meister
See-Elefant	Seeelefant/See-Elefant
auf seiten	auf Seiten/aufseiten
von seiten	von Seiten/vonseiten
selbständig	selbständig/selbstständig
Si-gnal	Sig-nal/Si-gnal
sitzenbleiben	sitzen bleiben
soviel (für heute)	so viel (für heute)
Spaghetti	Spaghetti, *auch* Spagetti
spazierengehen	spazieren gehen
Sproß	Spross
steckenbleiben	stecken bleiben
stehenbleiben	stehen bleiben
Stengel	Stängel
Step [tanzen]	Stepp [tanzen]
Stewardeß	Stewardess
stik-ken	sti-cken
Stilleben	Stillleben
Stoffetzen	Stofffetzen/Stoff-Fetzen
Stop	Stopp [*Verkehrsschilder:* Stop]
Stukkateur	Stuckateur
substantiell	substanziell, *auch* substantiell
Thunfisch	Thunfisch, *auch* Tunfisch
Tip	Tipp
Tolpatsch	Tollpatsch
auf dem trockenen sitzen	auf dem Trockenen sitzen
Troß	Tross
im trüben fischen	im Trüben fischen
übelnehmen	übel nehmen
Überdruß	Überdruss
Überschuß	Überschuss
überschwenglich	überschwänglich
übrigbleiben	übrig bleiben
alles übrige	alles Übrige
im übrigen	im Übrigen
im ungewissen lassen	im Ungewissen lassen
im unklaren bleiben	im Unklaren bleiben
unrecht behalten [geben, haben]	Unrecht behalten [geben, haben]
verbleuen	verbläuen
Vergißmeinnicht	Vergissmeinnicht
er [sie, es] vergißt	er [sie, es] vergisst
Verlaß	Verlass

alte Schreibung	neue Schreibung
verlorengehen	verloren gehen
er [sie, es] vermißt	er [sie, es] vermisst
Verriß	Verriss
aus dem vollen schöpfen	aus dem Vollen schöpfen
im voraus	im Voraus
vorwärtskommen	vorwärts kommen
Walroß	Walross
wäßrig	wässrig
weichgekocht	weich gekocht
der Weiße Tod	der weiße Tod
des weiteren	des Weiteren
im wesentlichen	im Wesentlichen
We-ste	Wes-te
wieviel	wie viel
wor-auf	wor-auf/wo-rauf
er [sie, es] wußte	er [sie, es] wusste
Wü-ste	Wüs-te
Zäheit	Zähheit
Zierat	Zierrat
Zoo-Orchester	Zooorchester/ Zoo-Orchester
zueinanderfinden	zueinander finden
zufriedengeben	zufrieden geben
zugrunde richten	zugrunde richten/ zu Grunde richten
zugunsten	zugunsten/zu Gunsten
Zuk-ker	Zu-cker
Zuschuß	Zuschuss
zustande kommen	zustande kommen/ zu Stande kommen
zutage treten	zutage treten/zu Tage treten
zusammensein	zusammen sein
zuviel	zu viel
zuwenig	zu wenig
8mal	8-mal
17jährig	17-jährig
100prozentig	100-prozentig

Durch Schrägstrich getrennte Varianten gelten als gleichberechtigt. Auf Nebenformen wird mit *„auch“* verwiesen.